秦巴子

原名何战平，1960 年生于西安。诗人，作家，宝鸡市作家协会副主席。著有诗集《立体交叉》《纪念》《神迹》，长篇小说《身体课》《跟踪记》《过客书》，短篇小说集《塑料子弹》及散文随笔集多部。

长安新诗典

此世此刻

秦巴子

著

陕西新华出版传媒集团
太白文艺出版社

图书在版编目（CIP）数据

此世此刻 / 秦巴子著 . — 西安 : 太白文艺出版社，
2017.6（2020.1重印）
（长安新诗典）
ISBN 978-7-5513-1177-9

Ⅰ. ①此… Ⅱ. ①秦… Ⅲ. ①诗集—中国—当代
Ⅳ. ① I227

中国版本图书馆 CIP 数据核字（2017）第 148173 号

长安新诗典
此世此刻
CISHI CIKE

作　　者　　秦巴子
策　　划　　韩霁虹
责任编辑　　马凤霞　曹　甜
封面设计　　李世豪
版式设计　　张洪海
出版发行　　陕西新华出版传媒集团
　　　　　　太 白 文 艺 出 版 社
经　　销　　新华书店
印　　刷　　天津行知印刷有限公司
开　　本　　889mm×1194mm　1/32
字　　数　　100 千字
印　　张　　7.25
版　　次　　2017 年 6 月第 1 版
印　　次　　2020 年 1 月第 2 次印刷
书　　号　　ISBN 978-7-5513-1177-9
定　　价　　27.00 元

联系电话：029-81206800
出版社地址：西安市曲江新区登高路 1388 号（邮编：710061）
营销中心电话：029-87277748

序

/

最诗意，在长安

韩霁虹（太白文艺出版社总编辑）

送你一个长安／李白杜甫　司马长卷／唐风汉韵　锦绣斑斓／采些许诗意观照明天

诗人薛保勤吟唱的长安，是"一城文化半城神仙"的诗长安。这里有诗经故里的"蒹葭苍苍白露为霜"，有终南别业的"行到水穷处，坐看云起时"；这里有沉郁忧思、欲"大庇天下寒士俱欢颜"的杜甫，有傲视八极、"天子呼来不上船"的李白；这里曾经绿枝低垂灞柳风雪，这里曾经樽壶酒浆曲江流饮。

郁郁《诗经》，浩浩汉赋，煌煌唐诗。真是个从千年诗脉韵律中迤逦而来的诗都长安。

当年诗意盎然的长安，今安在？

被称为"文学大省"的陕西文坛，当下更多关注、推崇的是长篇小说。成就丝毫不亚于小说的诗歌群体，大多疏离于体制之外，被忽视且边缘化了。

然而，独立探索，自由先锋，守常求变，孤芳自赏，陕西的诗人们倔强生长，墙内开花墙外香，活跃在全国乃至世界的诗坛。几乎每一个重大的诗歌事件，陕西诗人都未缺席。但陕西诗歌的整体宣传和出版却在缺位状态。

有些人是读着诗慢慢成长的，有些人是读着诗慢慢变老的。作为一个中文系毕业、在诗歌陪伴下成长并变老的文学编辑，对于陕西繁茂又略显沉寂的诗坛我是有些耿耿于怀的。

于是有了这套"长安新诗典"。召集活跃在当下诗坛的陕西最有代表意义的六位诗人，自选出道以来最满意的诗作。每人一本。

阎安、伊沙、耿翔、秦巴子、李小洛、周公度，六位诗人，诗歌立场和美学趣味不同，在体制内与体制外、传统与现代之间，保持了各自不同的精神气质。他们以葡匐的姿势聆听万物苍生的一呼一吸，用细微和宏大的多维视角解读大地和生命之美，标明自己灵魂所坚守的精神高度。他们与"哀而不伤，乐而不淫"的古老诗歌美学遥相呼应，与"这是信仰的时期，这是怀疑的时期"的当下时代一同起舞。他们安静沉稳拙朴，他们狂放自由灵动，他们温情又冷峭，他们自信又舒展，他们以自己的才气和力量书写了当代中国知识分子百感交集的成长史和心灵史。他们写作的丰富性改变了传统诗歌的面貌，对我国当代诗歌时代性的转型和读者接受心境上的改造有令人惊讶的开路先锋式贡献。他们是陕西乃至中国诗歌的光荣与梦想，将为中国乃至世界诗坛新诗的发展留下浓墨重彩的独特文本。

这不就是最长安的最诗意吗？

中国诗歌的灵魂在长安。这里曾经是中国诗歌的高峰，也是世界诗歌的高峰。即使在新时期，陕西诗人在中国诗坛依然群星交相辉映。

有人说，当下陕西诗歌有高原无高峰。

读读这六位诗人的作品吧。如果读懂了他们的温柔与霸气，触摸到了这些诗歌的灵魂，你就不会说上面那句话了。

伊沙说，西安没有诗歌，就是西安；有了诗歌，才是长安。

一座城市因向诗人致敬而拥有了诗意。

最诗意，在长安。

2017 年 6 月

目　录

下编 · 新世纪

上编·新意象

暮

落日
把它的金线
在车轮上纺织着
晚霞
一方薄纱
挂在古老的车帮上
和马一起
向着渐隐的地平线
出发

1982

母爱

树干的创处淌着树胶爬满蚂蚁
而枝头结满了鲜嫩的桃子

1985

红枫

你以黄昏雕这片漠野
可知那边石上
正泛着泠泠水声

一只鸟栖进夜的湖
便有一些面孔为之感动
枫叶瑟瑟
月华文一条道路
为往事　徐徐上升
透一隙薄风　蚀你
水声比夜更深　更静

黄昏凭栏不能远望
秋之窗纸乃一红叶

1987

暮鱼

凝泪为脂　驻深涧
成一顽石

有霜　徐徐地抹石纹
低吟往事
细细绵绵　如丝
坠晶莹剔透之秋雨
滴答无眠
且聆　且悟

泱泱一杯淡酒
释不去
沉沉一脉斜晖
一种愿望叫作泳
却无翅

鱼已潜进冷月

1987

劈

劈开木头
劈开木头中的虫子
劈开老虎
也劈开它的骨头
劈开果实
劈开里面的花种
劈开衣饰

劈开自从诞生以来
就装满了口袋的
沉重的石头

劈开自己的头颅

1988

刀

在随手一指的地方
你看见刀口
午夜时分　传来
人的哭声
树的哭声
鱼的哭声
刀的哭声

通过血和火焰
刀回肠荡气，刀
构成我们人类的历程
我们平常的生活
事物最锋利的部分
离不开刀

刀耕火种
刀山火海
刀光剑影
刀笔吏、刀斧手、刀削面
刀在旗帜上
是一种信仰

刀在森林里
是一种生活
刀切入水
是一种情绪
刀架到脖子上
就有人低下头颅

我们常常大声疾呼
刀下留情！

刀流下泪水
但刀
往往没有过错

1989

绳

扭曲是一种力量
扭曲发明了绳
在事物中央，你看不见
看不见却被频频牵动

穿过你的嘴和呼吸，绳
抽出内心的笑意或呻吟
使你不能自持
道路曲折或陡直
都在逃避绳

通过事物的情感和神经
感受绳的韧性
被缚，或绳锯木断
一个死硬的结
卡住歌唱的喉咙

拉直了是一锋刀刃
团起来是一种心情

伸出手，然后伸出脚
最后伸直脖颈，吐出舌头
但是没有人可以脱逃

绳之外，有绳
不动声色地注视
蛇一般冰冷

1989

盐

在生命的蓓蕾中
舌头
创造了盐
智慧灵动的地方
是盐在闪光
汗水、泪水和血水
哺育人民
一块流失的版图
苦难最晶莹的部分
由盐构成

肉体可以腐烂
甚至灵魂
可以涂成各种颜色
在不同的舞台
待价而沽
但是盐不

海陡立着
人挺立着

骨头在变硬
因为盐的存在
爱和仇恨日益纯粹

1989

打水

不断地打水。不断地
把水放进篮子
是一项有益的运动

当我们还没有学会
用冷静的手艺
塑造瓦罐，打制木桶
或者鲜活的鱼儿
尚未来临
就这样不断地打水
尤其是我们的血液
饱含着奔跑的渴念
而内心缺少足够的力量
只能这样不断地打水
让骨头中的火焰
一寸寸长高
打水的声音里
手中的沙子渐渐漏尽

1989

空衣服

一只空荡荡的袖子
另一边也是
一只空荡荡的袖子
你将怎样深入其中
让仿佛虚假的手
从两边
垂落下来

一条空荡荡的裤管
挨着
一条空荡荡的裤管
沙沙摆动如亲密的交谈
是什么样的力量
支撑他们
在世界上惨烈地奔跑

空空的衣服
当他忙碌到疲惫不堪
尘土、弹洞和污渍
装满了每一个口袋
你看他

将怎样沉重地坍塌下来
你再看他
怎样不可挽回地腐烂下去

1990

麦地上的风筝

春天有两个事实：麦苗和风筝
对应天和地、上唇和下唇、牙齿和牙齿
中间有两种奔跑：风和孩子
下面有一个词：诞生。土中的火焰
比风更快地让天空倾斜，让上牙
抬升，让嘴唇和嘴唇分开
我们称之为爱情、欲望和舌头的
才刚刚烂掉，又沿着蛇径
飘浮到大地表层。像一柄利剑
静静地、迅速地将寒光
转换成花朵。如果这就是一切
春天在我们每日的追述中又剩下什么？

塑料、纸、绳子、细木条
一律舒展。风把摊开的书籍
一页页掀过。阅读或宣泄
总是在大师的手边，轻轻合上
空气中的世事是飘浮的、轻薄的
弱柳扶风的部分。最终
女人要把春天画到脸上
又用薄如火纸的眼皮高高抬起

一年的琐事和一生的圣典
立即就被唇膏、软裙和食性混为一谈
欲望是历史的动力，但我们
从中看到过多少珍珠与黄金的事实？

愿望的高度与绳子等长
升华不过是从地面到达风筝
从泪水到盐，从热血到尸骨未寒
在有限的绳子里，风筝一旦飞起
人就被天空提着，父母
被孩子提着，心被眼皮提着
事物把离地三尺叫暧昧和危险
如果风被语言削得太薄就变成刀子
心和风筝同处一境：命若琴弦
活在一根绳子里，牵和被牵没有分别
死亡散布到脸上，谁能比风跑得更快
谁就能看见明天的麦穗、明天的建筑和雪

在临近春阳的麦地里，聚集着
鞋子、耳语和冷风。聒噪将持续到新月
这些青青的麦苗，刚刚被洗过的
大地的外套，被急促的呼吸划伤
速流的时间的夜气，又把刀口磨掉
最终凝缩为一词来营养天空
死亡，取决于眼皮的下落速度

麦地上的风筝能够撑持多久？
它真能缓解全社会的植物神经性失眠？
如果下雨，你得挨过整个季节
在最后的晚餐上，一切都是预设
麦地是春天唯一的事实、唯一的遗留
经过踩踏，到夏季更加饱满结实

 1991

中药房

日出和日落，要经过路边的中药房
欲念被幌子悬置在空中。这高度
使世俗的心受伤。美梦如同疾病
风把炮制中的药香
一直送到人的尽头、时间的尽头

药房是一座永远的图书馆
众多的名字令人不寒而栗
飘浮的头颅如临深渊。思想
仿佛蚕蛹，落入药剂师掌中
在干旱的年份几乎成为空壳
食物、天气、眼泪和词
把神经性瘙痒扩散到毫发
我们无以名状的痉挛和恐慌
在药房的戥子上都有分量

人对世界的理解一如中药对于疾病
哲学利用了这个关系，在药房深处
茂密的罂粟丛里，炼丹，读经
通过纷乱的世事重组时间

医学在另外的瓶子里，从草根提血
从花朵观海，以方剂救世
良药苦口。我们一生的把柄
在架上的某一只药屉里，或迟或早
要被抽出来搭配和调制
一朵花医治另外的花
一根骨头克服另一根骨头
动物的机体，号叫出生命的辩证法

烘、烤、炒、洗，蒸、煮、泡、漂
医治和救助使事物纯净，贮藏
使心性趋向平和。生活简化为吃药
人就能从尘土中看到真相
而如此多的死亡却在真相之外
药房之外。未及消化的早餐和未了的
心愿，顷刻之间成为内脏。中药
人人可卖，而谁能改变时间的方向？

上午是药房最忙的时刻
坐堂的老人满面沧桑
渺茫的世事透过玻璃
使候诊的脸受潮。男人伸出胳膊
女人把衣摆提到胸部。中药
让青春持续到午后，存在就成为书籍

我们一生的阅读都是消除痛苦
理解即是诊治。中药房最后说出
真相：一切活物都有疾病
一旦死去皆可入药

1991

绳子和马头

绳子，在琐事里
张望马头

笔直的绳子，在灰烬里
被操劳之手操持
里面是骨头
外面是眼泪

笔直的绳子，在风暴里
草原看不见马头
野花和青天
看不见马头，但
听得见琴声

悠扬或呜咽
绳子是绳子，马头是马头
经由琐事缠绕
在雪地里起伏
又把梦幻之手
伸进了秋天的骨头

1991

二胡或古都

要让青蛇的歌唱
燃烧到松香的皮上
要让它听见朽木
抬着的月亮

冰凉潮湿的古藤
缠绕着手指
要把幽咽送入
雪和灰瓮

泪水，潸然而下
今夜
一只枯萎的葫芦
漂向源头

1991

书籍的状态

从内心出发，词
到达纸张表面
立正，然后向左看齐
向前看，纸被金属刺穿
被绳子捆紧
在纸的背后，金属
暗示一种深度
在词的内部，绳子
贯彻强硬的逻辑
把思想装订成册
书籍进入待命状态

世界在桌面上展开厮杀
增长的纸
把阅读推向水深火热
拥挤的词，使目光充血
盛宴令人疲倦。捉刀人
毕生的努力就是
克服公众的厌食症
辣椒、味素、芥末粉
以及暴力和性

把刺激由方法演化为目的
这贫血的、成批生产的
软性饮料，波及生存
我们遭遇到的书籍
都曾在西风里改变过态度

在另外的时空里
我看到的语言力透纸背
墨水把刀子送入
冬天的喉咙
僵尸被道破
疼痛的是幕僚
是秃顶的太监
和老去的宫娥
他们惨叫的口中
吐出了毒火和洪水之舌
舔噬使异端遭禁
布鲁诺的痛苦
是全人类的痛苦

在年代之间，一个词
毁掉一个家庭
一张纸断送一个王朝
一本书改变一种制度
思考，把人类提升

写作又把我们轻轻放下
语言的刀斧，劈开骨头
天才和庸才一同诞生
在今夜的书中
泪不是泪，血
也不仅仅是血
智慧和真理
从不停留在纸张表面
从灵魂出发的书写
在最干净的纸上
常常不敢轻易置喙

立正。向左看齐
向前看。前面是
战士的热血染红的
文具店、出版社、
书摊和国家图书馆

1991

面具商店

光滑中狰狞
我的脸
寒冰里燃烧
我的脸
木头
我的脸
树皮
我的脸

一层层油彩　盖了又盖
眼睛在眼睛的后面
声音在声音的下面
内心的表情
仿佛另一个人遥远的
泪水和呼喊

进门，它在墙上
出门，它在对面

情人我的脸
敌人我的脸

行走和交谈之间
脚回到腐烂的鞋子
语言回到缺氧的文字
脸，回到制作者
死亡的夜晚

火焰我的脸
灰烬我的脸

1992

打铁

切割，肢解，一块块废料
投入燃烧的炉膛
净化，然后变软，锤打

打铁就是这样一种革命
但我提供给你的并不是
自己的癖好和一袋铁钉

事物的秘密深埋在每个人心底
打铁和流汗，仅仅是
冰山在海面裸露的部分

经历水深火热与锻炼
这些沉默的铁钉
直立，锐利，深入时间

深入人心和事物
得等很多年
你才会感到疼痛

得等很多年，才会听见
铁匠和你的灵魂
在钉子的周围发出叫喊

1992

雕塑家

他创造过许多神圣的躯体
伟人、野兽和美女。现在
面对这块上好的石料
他有些犹豫……

太阳下山之前
他照着自己的样子
凿出嘴，但紧闭着
生活就像石头
保持着沉默的本性
他不想多说什么。接着

凿出圆睁的眼睛
得好好看看自己，他想
他凿出鼻子，为了完整
凿出耳朵，但他怀疑
这世界
还会有什么惊人的消息

月亮还没有升起
天空似乎阴郁又暧昧

对着这洁白的大理石身体
他拿不定主意
是造个男人还是女人……

第二天早晨，他感到
从未有过的疲惫
他知道自己再难起身
于是，照着每天出门的样子
凿出腿，让雕像离去

1992

雪夜酒狂

大雪三日，鸟兽无迹
滴墨据守于一支秃笔
危悬的剑
封冻在古代的鞘里
好兆头！
好兆头！

拿陈酿来
喝过之后我就是老虎
哭过之后我就是皇帝
醉过之后我就是诗仙
独钓寒江

大江东去，月西沉
愿者上钩
马料分粮草
饵料分粗细
不愿者，也上钩
雪深了，路远呢
谁顾得冬夏春秋日暖风凉？
大雪三日，世事冰封

一支秃笔骑在老虎背上
蘸一腔热血
上下古今去来
朱批人生

好兆头！
好兆头！

今年诗翁酒醒
上好的虎皮穿在身上
一双赤脚
枕住皇帝老儿的书房

1992

雪夜凿冰取水

漆黑的夜，漆黑的世界
只有冰河透明，只有寒冷
这热血的停泊之地

孩提时代不眠的雪路
今夜我顺着摸回去
仿佛时间就从那儿开始

仿佛一生在薄冰上嬉戏
一双通红的小手
带着融冰，像友谊沁心
危险的想法从未有过

雪夜凿冰取水
却意外地得到一尾红鲤
似乎整条冰河都是我所喂养
幸福太巨大了
让我不敢接受

1993

儿童乐园

旋转的木马之外
有多少焦急的心？

儿童列车穿墙而过
带回了鲜花还是泪水？

有人荒山上植树
有人花园里劈柴

而在公园的长椅上
一对情侣心存戒备

一把玩具手枪
舌头般柔软地顶住嘴唇

一梭糖水子弹
也有完成谋杀的时候
一座儿童乐园
也会有焦煳的蓓蕾？

1993

理发店里的一个瞬间幻象

从春天的耳根开始，理发师
像一个推着剪草机的老到园丁
从一个边疆到另一个边疆
热风或者冷雨，泡沫样的天空
定型于人造的黑色发胶
女人需要特别仔细地梳理
男人需要杀，纷纷落叶覆盖
一个死去的年代，表情完好如初

在同一位理发师身上存在着
三个灵魂：屠夫、媚世者、机械手
剪草机在响，烦恼在加高
鲜活的生命受雇于枯燥的操劳
一个人怎样从乱发中脱身出来？
从头颅开始，到大片死去的青草
技艺在增长，年龄堆满了镜框
自己的头上也有顶着白雪的时候
从耳根开始直到发梢
整个园中的花朵都要在手边衰老

1993

星空

一片我从未踏进的国土
今晚也有一位亲人故去
我听见亡灵的叫喊像我的呼吸

正如书中所见，痛苦
通过流星接通遥远的雷电和善心
一个随口说出的寓言让孩子失眠

我到过的地方都仿佛梦中
我看到的死亡有限
但我的房梁仍会被亡灵压弯

一个人突然去了，像一盏灯熄灭
千万个灵魂走进同一只盒子
亲人们走进纸张和文字

我的书房就这样渐渐暗淡
一本我从未读过的书
我无力在星光下独自打开

掉头去看星空，一个被大气消解的人
送回了心里最后的墨水
这使我相信玫瑰都是鲜血染红

现在我独守在黑夜的门口
说出一段爱情就听到一阵哭声
懂得一点道理就看到一颗流星

一片我从未踏进的国土
今晚也有一位亲人在聆听
她已经铺好了白纸像铺好婚床

如果我说不出动人的爱情
如果我说不出太多的真理
像一个哑子，让她徒劳地衰老？

然而今夜我更担心乌云
从人类上空，从身后的墙角
一只冰冷的手也可能伸进孩子的窗户

1993

黑夜之黑

黑夜之黑像史前的火焰
和洪水。黑夜之黑
一个吸烟的人在伤口里显得更深

黑夜之黑无非不见五指
你不伸手就是了
或者，不去梦中会见那个致命的人

黑夜之黑如同石油，说穿了
不过是风干的血水而已
但人类仍会在伤口里走累

仍会有人在黑夜情窦初开
像盲目的蛾子撞入灰烬
仍有思想在血泊里临盆

一个孩子来到煤矿
他被告知：小心火烛
黑暗之黑有无限的寓意

蝙蝠一样的黑衣人群
倒挂在干枯的树枝上，重复着
同样危险和世故的句子：小心……

但是黑夜之黑也会有明天
当母亲的血流尽
漆黑下的人类探出头来

乐观而自足。看：我的头发多黑
我的眼珠是多么的黑呀，还有
我的皮鞋，都是夜路的证词

1993

从长安到虢镇，一首写不出的诗

从虢镇到长安，像一次午睡
身体暂时溜出衣服，灵魂
在蝉蜕里：一首写不出的诗

透明。冰中的裸体
依旧热恋着梅雨里的女人
一次出行是心情的注释

车窗敞向平原，目光触及远树
移步换景，进化赶不上变化
长安虽好，不给我一张假寐的床

从长安到虢镇，骑一只枕头还家
身体回到衣服，灵魂回到肉
一个地方是另一个地址的赝品

一个人是另一个人的蜡像
远离火焰，但在空气和尘土之中
十二月的雪意如同密封的年代的婚姻

儿子已经能够书写人、口、手
稻、粱、菽紧随其后，再往下
还有许多道路，黑暗和寒冷

从虢镇到长安，三百里的
木头和铁，三十年的音步
像许多忧伤的夜晚从星辰中漏掉

遥远的黎明仍在水中沉浮
一首写不出的诗比枕头更具体
一个电话打向死亡之后？

1993

真皮沙发

豹皮是豹子的一部分
沙发是国家的一部分

荣誉和陷进去的人
是帮凶的一部分

悲愤的人道主义者
给沙发靠背安上两只乳房

他说，豹子应交给私人看管
偷猎者应当被驱逐出境

1993

废墨

一笔废墨带来语言的黑暗
山水的黑暗
处境与诗意的黑暗

一笔废墨关住少女的窗户
孤灯照耀的琴房
苏醒的灵魂要幽闭终生

一笔废墨让婴儿失聪
长久的寂静
培养出一代代听话的孩子

日光之下，一笔废墨使乌鸦更黑
更大，从诗人的梦里
抽走洁白的羽毛枕头

一笔废墨下河水泛滥
载舟……覆舟……
长河落日在笔端熄灭

一笔废墨也可能合上画家的眼睛
直到白发落木雪积千年
一滴泪洗净沉沦的江山

1994

少女与画

风吹草低，江山在你左边
握笔的右手
有点儿冷，有点儿空虚

夕阳把余墨泼进了画中
左边的黑暗刮来，风
剪你的秀发，剪你的毛笔

倾斜的江山随裙摆飘起
它无力扶持钟情的少女
梦中的风景渐渐远去

梦中的城镇会有灯火升起
但岁月在左边
右边的书包里已没有了童谣和蜡笔

江山被安置在画的左边
右边是少女的学校
她今夜在校外含泪逡巡

1994

午夜寻呼

111 ——要什么呀？
我听不见你怎么喘气儿
也看不见你脸上的筋

666 ——留什么呀？
留不住的青春能剩几斤
留不下的客人还差几杯

888 ——扒什么呀？
扒了衣服认不得嘴
扒了房子找不到鬼

午夜的都市里我没有腿
但跑得快，从累积的尘土里
捕不到鱼，我打捞脚印

我在哪里？我是谁？
请拨寻呼 444，事、是、死
或者干脆，打个电话问你自己

一路发吧您哪！ ByeBye，再会
我现在得藏起来，以免你的
魂灵跑来，亲近我灵魂

1994

废都

昨夜的风中是谁裸着双乳
昨夜的灯里有谁独对废都
月光笼起了喑哑的钟楼

驻颜，壮阳，吞食大钞
这世界已经没有了清高
它吹出寒气，就有人衰老

衰入故都，自有故都式的幽深
老若碑铭，自有碑铭上的风霜
废吧，废了日月星，还有酒点灯

一日不能看尽的长安，已经无花
蜂飞蝶舞是今夜的酒吧、今夜的灯
今夜的古都胃寒，肾有点儿疼痛

1994

枪手归来

枪手从枪后面撤下来了
从秘密战线撤进阳光地带
回到家具和未婚妻之间

枪手，拎着她的胳膊
绕过可疑的广场，仿佛
拎着一把无声手枪

阳光和笑声都过于灿烂
归来的枪手如同上岸的鱼
生命的真实性正经受考验

暴露在儿童水枪前的枪手
感觉到另一种势力的威胁
但枪手从阵地上撤下来了

从异乡撤回生养他的祖国
从暗处撤到明处：明枪易躲
暗箭难防。这是经验

枪手是老手了，他知道
每个人手上都有一笔旧账
每个人腰间都有几颗哑弹

1994

寒夜独饮读二战遗事

草已经不再长了，啤酒花
还能泛出几多泡沫？
书中的老人他还没死

还记得妻子金色的头发
有一丝在毒气室的门缝里飘浮
仅仅一丝，编不成好看的中国辫子

1940 年的德国，天空
就只剩下这一丝儿精神煤气
还有什么鸟能从想象里起飞？

枪刺握在枪手的手里
电网圈出灵魂的边际
十字架召唤着十字镐

挖吧，挖下去就能到达天堂
但在毒手的火焰下
我感到文字刺骨的寒冷

隔着一叠五十年的报纸
那一丝金色的头发
仍然揪得我神经疼痛

但核弹又在黑暗中进行化学反应
看见泡沫就看到了死亡
一杯慕尼黑的啤酒能否镇痛？

书中起伏的黑尸与白骨
让我在和平的天空下
歌唱完爱情，再也不敢歌唱斧头

1994

立体交叉

把速度和速度叠起来
就有更高的速度，把方向和方向
叠起来，会有一致的人性？

膨胀的心使城市抬升
更多密集的管道
延伸到身体最隐秘的地方

但是对面的情人
在速度的劫持下
摸不到彼此手心的汗湿

只剩下扉页的贺卡
代替了沉重的书籍
夹着破碎的心儿横穿城区

开始就是结束，变化意味着
简化，四季浓缩为一季
在一架果汁机里搅拌出春天

花事繁忙：股市、肉市、菜市、鸟市
如纸的灵魂叠成一个灵魂
如晦的黄昏叠成一个黄昏

在立体交叉桥的中心
我看到刚刚贴上的寻人启事
被夜风中的清洁工轻轻撕去

1995

带电作业

一个带电作业的人
比手扣枪机的敌人
更危险

指尖在冒汗
内心的颤动
谁也无法看见

带电的天上飘着带电的云
带电的空气含着带电的雨
带电的交谈
谁也听不进去
带电的生活充满了
难以确知的恐惧

现在她就是赤裸的情人
我也不敢去摸她的乳房
现在他就是上帝本人
也别把圣水滴进我嘴里

带电的肺有太多的火焰
带电的思想就是原罪

1995

墙

可能与不可能就像
两个国家，一个为我所熟悉
另一个，我们从未抵达

但我在努力，接近边境
像风中的一片树叶
也许我能够移动界碑

或者相反，有人从那边
捎信过来。两种处境
像泾河与渭河相互渗透

我所做的只是凿一个窗户
当窗口的景色压到我脸上
令人吃惊，但生活已经注定

1995

博物馆叙事曲

平静的日子就像
灯泡，夜以继日
记得年轻时办一张小报
一群青年围坐一起
新零件一般激动人心
头发上的水珠
玻璃上的阳光
一个英雄主义的夜晚
在机械的中心
热血满地流淌

而在废弃的机器上面
像积雪中的一片红锈
平静的日子也会闪光
现在你低下头颅
就会看见句号
如同一只退休的螺帽
压住小报的一角
在晚风里
一个歌手竖起了衣领

电脑的时代，是否需要
一个油印的勤劳农夫？
热血已在太空里风干
英雄主义如出土文物
螺丝钉的祭台上
一双粗糙的手指突然
跳起了怀旧的希望之舞

但是旧报纸如同旧唱片
在博物馆外面
人们听到的只是噪声
一个老人竖起了衣领
他秃顶的头颅就像灯泡
平静的日子更加平静

1995

诗艺

有一只手在暗中布阵
有一根绳子绕过山水
有一条路向远方延伸

在积木搭制的城堡里
他不知疲倦地玩着
玩着他的年龄和运气

满地的落叶围着新居
门窗还需要经过修理
一点点健康也得派上用场

他把种子埋进土里
他把镰磨了又磨
又把篱笆再次扎紧

从青春到暮春他忍着饥饿
他刻意雕琢
在落叶上记下内心的天气

他哭着笑着尝试着生活
像个孩子似的梦想荣誉
芝麻芝麻，开门开门

他活在玩具的快乐里
他活在玩具的阴谋里
但他并不是玩具的主人

现在他隐约听见骨头的狂吠
思想的种子在尘土中历险
他只能面对尚未发生的事情

有一只手在暗中使劲
有一根绳子越拉越紧
有一条路没有结局

1995

一位妇人的画像

松弛的健美裤松开了双腿
松懈的睡裙雍容
松弛的皮肤里
松懈的辞章诗意脱落
是否有回旋的罗曼司
还在神经里悄然游走？

高筑的城堡落下了窗帘
在午后的慵懒中昏昏欲睡
闪光的钻戒
透射出对往日生活的轻视和嘲弄
用锈红的指甲怀疑爱意
但它翘得太高，太激情
以致颤动的鸟翅也失去了方向

转过一条僻静的胡同
她停了三分钟。这是黄昏
蝙蝠游戏着高抛的羊拐
这是童年哪一天的故事？
醋瓶叠印出唇边的马爹利酒
从一种生活进入另一种生活

就像从地铁站挤出的唇膏
瞬间的心颤让她加快了脚步

夜晚是欲望的床铺
从诗到酥软的歌厅只需要三年
从怦然心动到微妙的唇动
最终定格于肉体的疯狂扭动
一个物质的年代
像床单一样迅速地展开
裸体的维纳斯紧抱着双臂
悠闲的散步中青春消退
她有点儿冷……

还有时间对付每天的荒凉
她在镜子里把眉毛修了又修
还有机会遭遇辉煌
让急促的呼吸更加慌张
黑暗中，她在唇边写下半行叹息
黑暗中，她在影集里坐到了天明

太阳出来了但是没有树木
可以相认，没有鸽子的哨声
梳理内心纷乱的发丝
然而她更加坚定从容
从容地脱掉丝袜，从容上床

婚姻是一场致命的赌博
但她已经嗜赌成性
钻石那不容置疑的光芒
把一对日渐松弛的乳房
固定在举止优雅的客厅

1995

没有了的头在疼

没有了的头在疼
没有了的笔在哭诉
没有了的脚，踏入虚空

没有了的时间还在延伸
青春和晚境
流落到同一块荒地的风中

失语的年代充满了聒噪
在失守的牧场，没有了的嘴在唱
浓妆艳抹着失血的表情

没有了的腿仍在狂奔
没有了的舌头还要厮杀
没有了的手，奇痒难忍

在一座熄灭的工厂
劳动是一个生锈的动词
机器在收缩，成为纸上的草图

没有了的心在流血
没有了的爱在做爱
没有了的敌人在梦中复活

没有了的心情被邮车送回
但是主人整天不在家
没有了头，真的没了……

1995

散场

走开，你这只红色的蛆虫
走开，你这根红色蛆虫蛀透的木头
走开，你这片红色蛆虫蛀透的木头构成的风景
走开，你这颗红色蛆虫蛀透的木头构成的风景下面永
远不会热血冲荡的
橡皮头颅

走开！

从二月到八月
一只游走的狗
叼着空洞的骷髅

电话中传来食腐族的锣鼓声

开场就是散场

走开，你这只嗜血的蛆虫

1996

蚂蚁，蚂蚁

蚂蚁，蚂蚁
我上树找你
树洞里爬出的是一只狐狸

蚂蚁，蚂蚁
我入地找你
蚁穴里只有苍蝇的尸体

蚂蚁，蚂蚁
你的翅膀比身体还大
可我还没有学会起飞

就让我在纸上画一间房子
我在灯下写出巨著
"这么多蚂蚁啊！"

这么多蚂蚁
多过世上的雨滴
多过人间的道理

无数个我在纸上等你
等你写下施洗的一笔
蚂蚁，蚂蚁

1996

儿子手上的蝉蜕

树干上的蝉蜕将不再移动
它静立着，仿佛是在倾听
身体灌满了风和蝉声

它是否回忆起昨夜的泥土？
成长的道路并不漫长
但是它走了整整一生

是胎衣也是透明的甲胄
或者是一副水晶的棺椁？
痛苦的蜕变使生命安静

下一代在高高的枝头歌唱
它无法看见也没有听到
它还能在此站立多久？

夜晚的露珠和白昼的风声
在它的身体里轻轻回旋
就像荣誉的短暂逗留

就像灾难的突然叫喊
一块石头从星空飞来
一条路，到树梢为止

一段沉埋的记忆如小小少年
生命的花季高高在上
但是它再不会移动半步

它站着，如同时间之母
身体里的阳光反照着天空
日出的澄明是死亡的澄明

它早就看清了虚浮的来生
它已经坐化为一尊雕像
时间到了，正好被一个少年拿走

1996

自旋转体

半边是白昼，半边是黑夜
旋转，旋转，在一根轴上
白昼白得眩目，黑夜黑得凝固

半个黑暗里藏着化石
让你反复地梦见祖先
生命已经被埋葬半截

半个白昼送来曙光
火焰里飞出半只蝴蝶
半盏灯点不亮一个天

半是虚无，半是信念
半个看见被半只眼压住
半颗心，不知该爱还是该恨

生和死紧抱着一个身体
半个敌人，就能把白昼反复葬送
半个朋友，也会把你从黑暗里救起

男和女平衡于一只足尖
半是天使，半是撒旦
半个自己还要继续旋转

半边白昼，半边黑夜
旋转旋转，为一个看不见的中心
每一刻都在精神分裂

半个寒冷，半个温暖
半边笑脸，半边泪眼
半个疼痛要一生承担

1996

入夜的街景之一

入夜的街道是一块烧红的铁
柔软,灼热,近乎透明
行人换了行头,门脸改变了态度

一个少妇向一个抽烟的男人借火
他的胡子,他的燃烧的胡子
像渔火一样暧昧而又飘忽

而她的裙子微微翘起
就像她微翘的指尖和下颏
煽动一次无言的农民起义

当我转身,发出一声叹息
他们已经消失在人民中间
警棒像雪茄一样派不上用场

入夜的交通无须疏导
在透明中,燃烧的欲望各行其道
我像一片脱落的铁锈停在无人的安全岛

1997

休闲时代

愤怒已经从表情中消失
只有颜料还在奔跑

愤怒已经从语言中消失
只有声带还在奔跑

愤怒已经从内心里消失
只有肠胃还在奔跑

愤怒已经从肌肉中消失
只有腿骨还在奔跑

看哪！浪漫主义的头发下面
冒出了碳酸味的气泡

闲适而又昂贵的
是现实主义的饱嗝
和古典主义的哑屁

但是皇帝已经从表盘里消失
只剩下衣服在时间里奔跑

1997

我在尘世中的一天

绕过椅背、餐桌和冰箱，然后
上床，也就是从一个空间
进入另一个空间

在写字和睡觉之间，隔着进食
在天堂之爱和做爱之间
隔着性。以此为轴——

我像一个精致的钟摆一样
敬业，守时。我只有一间屋子
我得在无形的刀口上找到平衡

这边是壁立的书架，那边是
开向东边的窗子，男朋友
坐在桌边，女朋友坐在床边

死去的在书的里面，中性的
坐在窗户外面，我分别
与之对饮，对谈，或者肉搏

从一个空间进入另一个空间
外面的朋友视而不见，外面
是同样的山水和流年

我只有一间屋子来安置每天
在形而上和形而下之间
在灵魂和肉体之间，隔着吃

在天堂与地狱之间找不到
界限，在本该是门的位置
安装着一副假牙

1998

在异地

夜色四合之后，我慢慢
走回内心。是谁坐在身边？
催眠曲无法催眠

远窗灯火闪烁，枕畔
书页拂动着流年碎影
灵魂的脚步被我听见

我是我自己留宿的客人
说什么夜色如晦，说什么
夜凉如水，孤旅如寄

我是我表盘里奔跑的时针
让生命在每一刻都有见证
在异地，让世界扑面而来

我自己扶着自己
如同黑暗中的每一个人
如同事物们的存在本身

在异地，声音像声音
在异地，眼泪像眼泪
失眠的人也更像他自己

1998

九十年代

从八十年代到九十年代
像滑梯那么快
像短裙那么短
裸露的部分
已经把欲望的旗帜胀满

从北京到广东
买的没有卖的精
所谓地差，就是
政治和商业的价差
青春最贵
但是只有傻瓜
相信愚蠢的爱情

从剧场到商品琳琅满目的商场
仅隔着一面透明的墙
物物相看
露出会意的笑容

从早晨到夜晚
我一直在反复地

摆弄一个诗句
就像修理一条拉链
重要的部位却总是脱扣

这是一个时代的漏洞
我已经滑到了底部
而短裙继续缩短
露出掩藏不住的
锋利牙齿

1999

岔路口

举目张望的你，在岔路口
被一阵旋风撩起了裙裾
你本能地弯腰想护住什么

一侧身的工夫，风刮过去
一个人和你失之交臂。当你
直起腰来，路已改变了方向

生活改变了态度，而你也已经
换了一种心情，一侧身之间
丧失掉无数的可能性

举目张望的你，只是迟疑了片刻
风就刮了过去。一辆大货车
短暂地中断了一下视线

马路对面的人，就已经消失
他是被风刮走的吗？如果无风
你们本可以相互握住

在岔路口，举目张望的你
现在有了一些不安和犹豫
这是经验主义堆积的皱纹

当然还有更多不能验证的
后悔，在心里轻轻旋起
就像上一阵风里潮湿的眼波

但是一个世界就这样错过
当你转向另一个路口，另一阵风
刮走了你脸上的春色、旗帜和标语

1999

世纪的黄昏

当一个时代结束的时候
你的行李倏然变得沉重
依然年轻的心，心事横布

如同打烊前的杂货店
有人在翻捡旧物，盘点输赢
有人在灯下忏悔，有人

借最后的光线写投降书
生活，像生活的败象
灵魂，像灵魂的白旗

在一个时代结束的地方
旧日的情人侧身而去
而你像铁雕一样冷峻

你像铁雕一样无法回头
晚风把灰烬撒到你脸上
曾经坚定的心，心事横布

行李散乱如溃逃的士兵
在集合的哨声里，落日
烙伤了额际斑驳的红锈

1999

下编·新世纪

机场滞留

积雪已经清除过三次
跑道依然不适合奔跑
阴沉的天气不宜起飞

候机楼把帽檐压得更低
像一个失败的棒球队员
滞留在伤痛的纪念地

周围的黑暗巩固了机场
最后的航班在最后的告示牌上
安检处变得更加安全

但是焦急的旅客经不起考验
他在餐厅和厕所之间摆动
像一张钟表的脸催促着时间

看不透的天空，雪下得更猛
被迫取消了航班
顺便也取消了我的旅行

但是孩子仍然要按时出生
就在这个阴沉沉的今天
不能高飞，不如沉沦

2000

鞠躬

走进这千年庭院之前
我已经在门口鞠了一躬
在泡桐和攀缘植物中间
我向一棵松树鞠躬
它那么矮小，显得有些笨拙
我实际上是在向一个孩子鞠躬
在高头大马和炫目的
先生夫人中间，一个孩子
朴素得好像只掌握了一百个日常用词
我其实是在向乳牙鞠躬
但是当我走到积极的人群中间
我不得不向墓碑鞠躬了。我其实
是在向裁判嘴里的哨子鞠躬
哨子命令我向台上的一排椅子鞠躬
骨头咯吧咯吧乱响，我显得有些笨拙
攀缘植物已经捆住了我的手脚
我向自己鞠了一躬，镜子顿时破碎
现在我和自己的影子相互鞠躬
鞠成了一个完美的"0"

2000

现实一种

钟表停摆以后
时间仍在奔跑

电在电线里
血在血管里

疲倦，衰老，硬化
一切都是潜流

多少秘密被老人含住
啊，多少闪电和热血

两根衰老的电线
漏掉了三座电厂

一颗疲倦的心脏
缩小了时间的刻度

2000

身体里的城堡

身体里的城堡，我从未看到
但身体里的瓦砾在日日增高
心灵的空间越来越小

身体里的废墟，埋葬过粮食
埋葬过热血和狂野的欲望
身体里的废墟也曾泉鸣水唱

而身体里的筏子搁浅于酒海
与肥肠，一个大腹便便的胖子
是否感觉到格外的沉重？

尖塔式的建筑脱胎于塑身运动
但俏肩的骨感和蜂腰之美
却使危悬的心悬得更高

在血管的高速公路上
艾滋发疯地奔跑。远处
海市蜃楼后面是伟哥的哂笑

疼痛的神经渴望着电击疗法
但是身体已经经不起微风
形而上受控于形而下

一个营养过量的时代
身体里的城堡在一日日坍塌
心灵的位置也随即下滑

当我拨开瓦砾寻找走失的蟋蟀
我看到未及消化的粮食已经发芽
并且开出了毒艳的罂粟之花

身体里的废墟，身体里的废墟
如果我继续深挖下去
也许就会触及你粗鄙的祖坟

2001

难兄难弟

现在黑暗中只有我和你
相对哭泣，但是没有人看见
屈辱的泪水是怎样凝聚

紧握的手，捏紧了叹息
摔在地上的誓言像这个干燥的年份
一支烟就可以点燃身后的脚印

灰烬拂过不能抵达的房门
焦虑的灯被焦虑吹熄
现在黑暗中只有难兄难弟

现在左手排遣着右手的寂寞
左眼看不到右眼的孤独
夜风穿耳，吹出荒凉的哨声

所谓朋友，只在乐队和弦之时
所谓亲人，只在节日庆典之中
你笑我的欢笑，我醉你的醉酒

现在黑暗中只有脚和脚，在左在右
踢不完的门槛，踢断了脚趾骨
夜色中疗伤的难兄难弟像沉默的石头

2002

雕像

陷身于人群的纷乱与盲目
它无动于衷

轻蔑挂在嘴角
超然写在脸上
眼神中的悲悯
泄露出制作者内心的秘密

喧嚣在胸中滚动
然后被人群席卷而去
一个自乱的人
终于安静下来

通过一片阴影推算雕像的巨大
但却永远无法感知它内部的空洞
时间被吸纳
就像时间不存在

它是一些思想但从未进入图书馆
它是一种象征但不像任何人

它耸立在街心
让我们全都成为匆匆过客

2002

病毒与隔离

戴上口罩，十二层以上
戴上手套，塑胶的最好
如果可能，就把整个身体
装进一只安全套

哦，对面的人多么可疑
对面的人就是地狱

保持距离！握手改成作揖
关上房门！约会无限延期
如果可能，就运用法律
难的是不知道该起诉谁

哦，外面的人多么可疑
外面的人就是魔鬼

电话里的声音也要过滤
网络上的信号也得洗洗
电视里的人儿不得不看
但要先测测他们的体温
哦，镜子里的我是多么可疑

镜子里的我多么像一个
冠状病毒的变体

2003

抄底

持续下跌
而立
不惑
知天命
一道道支撑
——被击穿

春梦破了
拿底裤兜住？
旧爱去了
用新欢填补？
抄底是一次次还阳的努力
但是力不从心的自乱者
走在向下的路上

挖肉补疮
刮骨疗毒
拆东墙，补西墙
底线越抄越低
向下的路
深不见底

自乱者

坐在时间的滑梯上

他说要以笔为旗

他说要血战到底

抄了青春抄暮年

抄了唐诗抄汉简

抄了异乡抄故乡

抄《诗经》

抄《周易》

抄个底儿掉

抄回蓝田猿

他说要绝地反击

他说他不乱自乱

2007

失败的献身者
——想起一个民国人物

从他人的园子里
借来的革命
压进胸膛
如同子弹压进了枪膛

盗火者的心
有着自焚的强烈渴望
家乡满目疮痍
献身并非冲动

把生命交出去
抵押给子夜的黑暗
一线迟疑，分隔开
左边的革命和右边的爱情

流产或者背叛
都在他人的衣袋里
从胸前开出玫瑰
从身后摸出手枪
但是黎明的弹孔里

并没有鲜血涌出
献身者的怅惘
像雾霭一样没有方向

时间的流水
率领着平和的晚境
在他人的园子散步
祖国是内心最深的伤

2008

朗诵者

他很想把诗念得精彩
再精彩些，他就能摸到灯泡
甚至会带着听众冲出屋顶

他很想率领诗句们飞起来
但是每当他情绪激昂地字正腔圆
立即就生硬得像个假人儿

我知道他很想打动我们，就像是
一个时代的行刑官那样打疼我们
让我们老泪纵横，让我们满身伤痛

他很想被我们的泪水和伤痛反哺
为了更多的激情和愤怒
为了让他的词语更有力量

我觉得他很想把声带变成皮带
我觉得他很想把胸腔变成音箱
他的嘴唇也离麦克风越来越近

我发现他就要含住这个棒棒糖了
而他似乎也尝到了甜头，哽咽着
发出奇怪的叫声

2010

与诗歌有关的一些经验

一般来说
口语是用嘴巴念的
一般来说
意象是用眼睛看的

一般来说
聋子嗓门大
哑巴眼睛毒
所以耍舌头的要耍出蛇芯子
所以变戏法的得变出大活人
一般来说
假慈悲口吐莲花
真性情心怀大象

一般来说
浪漫主义戴花头巾
现实主义撑黑雨伞
现代主义光着脑袋
后现代喜欢内衣外穿
一般来说
抢占了道德制高点的煽情者

109 此世此刻

尖塔形的高帽子
是一种大规模杀伤性武器

一般来说
唾沫淹不死鬼
口水和不成泥
花拳绣腿
思想贫困
一般来说
瞎子点灯——白费蜡

2010

归来者

步履蹒跚的归来者
吃惊地发现
似乎每一粒石子
都在硌你的脚
似乎每一块石头
都要拦你的路
这是因为隔阂太久
而受到的礼遇吗?
就像一双多年未穿的鞋
这本是你的国
这原是你的窝
穿上旧鞋,踏上老路
但是归来者更加吃惊
真正硌疼你的
都是些老熟人
拦路如剪径的
竟然是旧朋友
眼含热泪的归来者
这是你心疼的
故国三千里

这是你心酸的
旧窝半张床

2010

人人都爱混混儿

他没有自己的名字
没有陈账
没有未来
没有亲人
站在谁的中间
就是谁的兄弟
睡在谁的旁边
就和谁是夫妻

他没有性别
时男时女
亦男亦女
他没有脾气
任摔任踢
可用可弃
他没有人格
所以百变无敌
他没有家属
所以天下为亲
他没有理想
所以活不要脸

他没有使命
所以死不要命
端谁的碗，吃谁的饭
穿上谁的制服
就替谁去堵枪眼

他是英雄
他是泼皮
他是螺丝钉
他是变色龙
他是一块砖
他是一个兵
他是一张牌

有一种角色
叫作混混儿
人人都爱混混儿

2010

你是这样的建筑工人

文字的泥土，词语的砖坯
思想的火焰。是的
你是这样的建筑工人

你搭建隐秘的桥梁
便有偷渡者从上面走过
你的肩膀因此吱吱作响

你修起感情的围墙
便有人自动走进去坐牢
爱如鸟巢，高高在上

而你理想的教堂更高
你那纸制的灵魂的脚手架
几乎触不到它的穹顶

你以血肉撑起布道者讲台
上面坐着别人的蜡像
他诵读经文，你折断骨头

115 | 此世此刻

是的，你是这样的建筑工人
你用一生建造的纪念碑
上面刻着他人的姓名

2010

保安令人不安

那个带着职业表情
逢人便露出微笑的
保安，被公安带走了

三年来，五十多辆
高档车被毁容
都是那个保安所为
可他看上去那么无辜
目光清纯
甚至有几分帅气
一点儿都不像坏人
但我毫不怀疑
这些都拦不住
他内心深处迸发的
仇恨

被公安带走的时候
他像胜利者那样昂首
路过他每天值班的小区岗亭
像惯常那样露出微笑

传说他后来跟警察交代
曾以近乎强奸的方式
睡了这高档社区的几个女人
就像长工
睡了地主家的小姐太太
那样得意
就像禁卫军睡了后宫佳丽
但是此事无人指认
警察也只当他是吹嘘

2010

大花脸

躯体庞大的大佬
稳坐如山
云动，他未动
水动，他不动
流言和传说
只是耳边风

也曾泛绿
也曾翻红
但却总是
半边脸绿，半边脸红
让左右为难的群众
猜不透他的立场

眼角带禅意
眉心有佛相
耳廓似法轮
口吐莲花落
他到底听命于谁的指令？
他是要做多还是做空？
风向标没有方向

晴雨表不报阴晴

把红脸唱白

把白脸唱红

如同流言与传说

闪烁不定

躯体庞大的大佬

间或黑下脸来

玩儿把太极推手

就如同黑暗中

喘气儿的雕像

让膜拜者们摸不着头脑

2010

八〇·后

她坐在对面，抽着烟
深陷在记忆的阴影里
谈起女人的生存以及
送她上青云的推手们
偶尔会带出脏字，操
他妈的！但她眼神干净
就像周末大扫除之后
三年级甲班教室的玻璃
她坐在这些男人中间
如同鲜花插在牛粪上
但是没有丝毫的畏惧
在逆光里，在逆风里
像起舞一样摇曳多姿
她才刚刚成年
却已历经沧桑
在这些想入非非的男人中间
她浑然不觉地谈论未来
时因憧憬而走神儿
在这些老谋深算的男人中间
她穿着球鞋短裤和鲜艳 T 恤
像某人的妹妹一样天真烂漫

2010

反白

在青布上
开得最艳是反白的花
在青瓷上
文的最深是反白的伤
在夜幕上
星宿图写着反白的字

那些反白的花儿
那些反白的伤口
那些反白的文字
我始终记得
那些反白的夜晚

我一直记得
少年时独自穿过荒林
迎面突然飘来
一个反白的人
就像漆黑夜晚的
白色灵魂
自己拎着自己
当我屏声敛气

一个反白的人
已经擦肩而去
一个黑色的年代
也把反白的影子
烙在少年心底

2010

有话对你说

从书店出来的时候
阳光很强
正午的太阳
打在头上
影子找不到方向
等公车的两个妇女
在讨论站牌上的
服装市场
我把新买的小说
信手翻开
读过五页之后
公车进站
此时我才意识到
奇迹已经发生
老花眼不花了
因此我将此书
推荐给诗人西毒何殇
接下来的两周
在工作的间隙
我抽空读几页
并推荐给作家寇挥

出差时顺手
装进包里
为了对付失眠
在夜行火车
咣当咣当的床铺上
读了二百多页
感觉比深度睡眠
还要消困解乏
去见诗人马非时
我推荐给他
这个爱出差的编辑
正和唐欣教授
在青海大厦的房间喝茶
我们一起称赞了一下
西宁的羊肉
和西安的伊沙
以及文化的时差
第二天在候机楼
等待安检时
我读了一百多页
接了一个电话
顺便推荐给那个
问候我的朋友
听到通知航班延误
我决定在登机之前

把这本书读完

然后送给一个

会笑的警察

2010

骨头的焦虑

在骨科医院
拍片子的地方排着长队
老人、孩子、美女
各色人等，表情一律
透出骨头的焦虑

如果不是在这个地方
如果焦虑可以被透视
如果每个人
取回自己的 X 光片
看到被显影的灵魂
会不会感到吃惊？

排队的人互不认识
但在此刻却似乎
能够互相看透
那是来自骨头的怜惜
那是来自骨头的焦虑
没有人能够自己克服

2010

小春天

这个春天是小的
这个春天的风是小的
风吹开的花是小的
像米粒一样的香气是小的
香气里的歌者是小的
歌者的声音是小的
声音飘过的教堂是小的
教堂里的灵魂是小的
灵魂的哀怨是小的
在这个小小的春天
做一单生意交易是小的
约会了朋友谈话是小的
写下的诗句意象是小的
出行或者突围志向是小的
一盘棋的格局是小的
我打开一本书读到深夜
书上的字也越来越小
小到快要看不见了
一灯如豆像心的小跳
春夜之思如此之小
爱也如此之小

让我吃惊

在这个春天，是地震

太大了

（2011 年 4 月写于日本东北部大地震之后，这是一段令人
震惊的日子。）

垂钓者

每天起床之后
我把我用力甩出去
在这个人满为患的
城市池塘里
我这只已经被腐蚀
被挤压、被冲撞得
分不出锈斑与伤疤的
鱼钩
准确地蹲守于
墙与墙之间
腿与腿之间
欲望与年龄之间
那些游来游去的
精灵与精虫之间
我这只已经
被撸直了的鱼钩
被泡软了的鱼钩
像一只即将退位的阴茎
把垂钓与垂吊的词义
反复转换
每天角色暧昧

每天身份可疑
每天被鱼线牵着
扔出去，拉回来
起床时我觉得自己是垂钓者
出门后我是一只鱼钩
陷入城池又变成了鱼
我会钩住什么？
我将被谁钓起？
其实我并不在意
我知道日落之后
总是要自己咬住自己
艰难地回到岸上
像个真正的渔夫
从嘴里摘下鱼钩
坐在裸露的岩石上
扳着指头推算来生

2011

苹果和屁股

怎样切开苹果
才能现出屁股的图形
其中有学问
但主要还是
实践经验
你遇到的苹果
你见过的屁股
你是如何下手
以及你手上
握的是什么刀子
苹果才能变成屁股
或者，让屁股变苹果
被你吃掉
每次吃苹果的时候
你都会琢磨这事儿

2011

公路风景

驾车远行

我被刺激

好雨初晴之后

艳遇吾国大地

堪比欧陆的画卷

眼睛仿佛过节

体内顿生豪气

草莓

桑葚

西瓜

樱桃

石榴

苹果

沿路散布的果摊

是鲜美时令的

超级特写

口未食

心已甜

路边店门前

另一种风景

也时隐时现

那些也许名叫

杏儿

桃子

荷花

菊香

冬梅

春妮

四季鲜艳的

粉裙女人

一掠而过

再掠而过

三掠四掠

终不得过

乃是我心中

被撩起的诗情

遭到了质疑

2011

虚构

园子里有两棵树
一棵是蓝枣树
另一棵是绿枣树

春天来了
左边一树桃花红
右边一树梨花白

夏天的太阳下
两棵树的影子
手牵手跳起摇摆舞

到了秋天
一棵结满青石榴
一棵挂着黄柿子

冬天的时候
只剩下孤零零的一棵
树干被刷得雪白

另一棵大概出去散步了
它加入了园外喧闹的人流
空地上遗落着它的外套

2011

雾

雾携着蓬松的棉絮给感冒中的城市盖上被子
汽车如盲目的甲虫钻来钻去
匆匆赶赴约会的恋人擦肩而过
自动亮起的街灯只照亮自己

我站立的二十二楼阳台如同一万米高空上的机翼
透过舷窗探望远空
我的身体因为雾的涌动轻轻飘浮
洁白的雾之棉被下面隐约传来新生儿初次的啼哭

2011

读者

晚报读者在阅报栏读
网虫在网络论坛上读
苹果迷在烂苹果上读

公务员在会议室读
演员在排练场读
法官在审判庭读

家庭主妇在厨房里读
职业白领在候机楼读
新闻主播在直播间读

退休老人坐在书房里
捡拾着文字蒙尘的骨头
把拆散的书页重新装订

被迫下岗的女会计
面前摊开一堆旧账本
她在寻找财富的漏洞

写作者捧着自己的新书
独坐于黑暗中读到天明。那些字
已经化作蚊子纷纷从纸上飞走

2011

马赛克

在一栋贴满马赛克的楼里
我听到老导演和小编辑的
这样一段对话：

"这个车子上的商标，
能不能打上马赛克？"
"为什么呢？"
"会有广告嫌疑。"

"这个人的脸上，
也要打上马赛克。"
"这又为什么？"
"要保护当事人。"

"这个，给她的胸部
也打上马赛克。"
"她挺漂亮的啊。"
"可是尺度过大。"

"后面那机关大门上的牌子，
一定得打上马赛克。"

"这我就不明白了。"
"有什么不明白的？"

"叫你打你就打，
不要问那么多为什么！"
"可是，人家会不会以为
我们在给马赛克做广告？"

2011

致敬，或偶像的黄昏

遇到他的时候
我还年轻
那是个阴郁的下午
我用图书馆压制着
苦闷的青春期躁动
他突然出现在书架之间
如同一道明亮的阳光
阳光的闪电
我被击中并且打开了
为此我跑出去
在小酒馆喝了一杯
一根他爱抽的雪茄
几乎把我抽晕
当时就想要一个
他喜欢的那种
身材高挑
乳房略微下垂的女人
我认识他的时候
其实他已经死了
我想，如果能让他的生活
在我身上复活

该是多么美妙的事情
我在各地的书店找他
他的故居和墓地
他的痔疮和胃溃疡
他的女人们
早已在梦中成为我的女人
我以此向我的大师示好
那时我多么年轻
青春迸发，一见钟情
发誓要像他那样写作
现在我才吃惊地发现
我几乎用一半的生活
在向他致敬
而我的另一半生活
却一直在用来
怀疑，审视和疼痛

2011

有时候我想说点儿什么

有时候

是想跟自己说话

有时候

是想跟朋友说话

有时候

是不想说话

写一首诗像喝酒

写一首诗像做爱

写一首诗

像诗一样发呆

我看着

它在对面

长时间坐在那里沉默着

有石头的纹理

有草木的被动

有草木灰的灰

然后有虫子一样的汗在蠕动

我终于绷不住了

想起一些人

来来去去地在世上

在我的眼前

晃动
我认出了一些面孔
像喝过酒的
像做过爱的
像同事和朋友那样出现
路人那样消失的
心疼的
让人汗颜让人想流泪的
事物和人
我绷不住了
我说

2011

90000 只蚊子

从纸上起飞的 90000 只蚊子
扑向远处的
一顶
旧礼帽
这是一场切割灵魂的战争
90000 只蚊子被动员起来
巨大的轰鸣
从宣战者的血管里涌出
90000 只蚊子集结于
一顶旧礼帽上空
仿佛帽子的上面
又戴上一顶浮云般的帽子
而旧礼帽下面的头脑
已经悄然转移
失去目标的 90000 只蚊子
盘旋着等待新的命令

2011

我感到我已经不能自拔

我坐在自己编织的网中
那些绳子是我自己搓成
那些穿梭其中的信号
互相碰撞，击而成结
越织越密地穿在我身上

在紧身的保暖内衣里
我越缩越小
婴儿般的身体生着老人的皱纹
陷入过度思考的焦虑之中
太多的箴言像吐出的气泡

我皮下的血管带着电流
每一个触摸者都会受伤
密不透风的内心
垒满了冬天的石头
谁也感觉不到

我的网里裹着我的电子头脑
警觉的眼睛的摄像头
结实的鼻子的电源插孔

可靠的嘴巴的 USB 接口
和我握手其实是握着鼠标

我的耳朵的无线网卡
捕捉世界于无形的虚空
我活在自己编织的网中
每当我敲打自己肋骨的键盘
就有人在异地唱歌跳舞

2012

特护病房实录

特级护理
就是一个人躺在床上
他不吃，但有三个瓶子在输入液体
他闭着眼睛，但所有的人都在看他
他不说，但呼吸机一直在响
他很瘦小，但需要四个人给他翻身
他没有知觉，但所有的人都精神紧张
他生为大事而来，但现在一件都没有完成
他身上一丝不挂，但我们知道他有些害羞
他生命垂危，但从未按响过呼叫按钮
他不拒绝针头、导尿管、血压计、监测电极
但是进来之前的整个人生里他从不接受
特级护理就是为了生命却要拿掉一个人的所有尊严
这让我、我弟弟和妹妹，我们感到愧疚
他是我们的父亲
但我们从未如此亲近如此长久地守在一起
实际上我们与父亲疏离已久隔膜已深似乎不像是熟人
我们和工作和朋友和电脑和公交车甚至和陌生人吃饭的时间
都比和他在一起的时间要长
我们和他吵过架就像蔑视不称职的老师
我们向他道歉但他既不点头也不摇头

我们在他旁边的床上陪他入睡
但他拒绝和我们一同醒来
他最终还是没有醒过来
我们把特护病房退了
我们默默注视着
那扇门关上
另一扇门打开
白色的雪花
飘了进来

2012

乡村小说家

从前我用钢笔写字
在纸上编造故事
节奏缓慢而且情节老旧
跟不上时代前进的脚步
现在我在电脑上敲打
如同弹奏华丽的乐曲
故事里的音乐家
旁边坐着他迷人的妻子
但他在纸上写下的音符
全都有着忧郁的表情
这让我有了拯救他的念头
我安排痛苦的音乐家
独自离开屋子
我打算让他去乡间走走
然后和我在村口相逢
相邀去小饭馆喝上一杯
喝醉之后我们互换角色
我走进故事里用电脑作曲
他坐进我的书房
在纸上续写我的书稿

我想让他老婆坐在我身边
他却始终不安排这个情节

2012

神马

我梦见马车
我梦见一驾马车悠悠走过
一驾装载着官人和官场、商人和商场、男人和战场、
妓女和欢场、名流和秀场、明星和球场、学生和
操场、小丑和剧场、演说者和广场、背叛者和情场、
粮食和打谷场、杂货店和大卖场、动物内脏和养
殖场、拾荒者和垃圾场的
巨型舞台似的尘世马车
从我眼前反复走过

我看见亲人、熟人、情人和敌人的面孔隐现其间
我看见车夫挥动着鞭子，马车越跑越快
但我看不见拉车的马儿
我看见狂奔的车子
它没有马儿

2012

半个脑袋在疼

半个脑袋在疼
半个身体麻木
半边脸努力挤出笑容
半边脸在哭
半张嘴说话
半张嘴无声
半个人拎着半条命
但不能因此就说
我半情半意
只有半个心跳
更加不能因此认定
我是半个神经病
半个脑袋在疼
整个脑袋知道
半个身体麻木
整个人在忍受
半边脸笑也是真心在笑
半张嘴说话仍然是心声
半个人生
半路相逢
半条命交出去

我挠着麻木的半边身体
拧一拧自己的脖子
半个脑袋在疼

2012

飞机场

航班延误，滞留机场
百无聊赖中拿出相机
启动变焦，瞄向窗外

第一次发现飞机确实像鸡
有大，有小，有胖，有瘦
不同于鸡的是有三条腿

第一次发现飞机在地上跑
比在天上威武，很像是公鸡
展翅追逐母鸡的样子

第一次发现不同国籍的飞机
像空姐一样身着不同公司的服装
机身上却一律没有国旗

第一次发现飞机场
才是世界上最大的广场
人是广场上最小的物体

为什么飞机像鸡，不像鸟？
为什么飞机上不印国旗？
为什么人在天上没有国籍？

2012

常态的疯狂

是做个游手好闲的
顶级混蛋
操时代的屁眼
还是做个西装笔挺
戴金丝边眼镜
夹着讲义
在学院里出入的
伪善的布道者？
是做个小混混
还是在肮脏的酒吧里
也要活得纯洁？
你自己做决定
但是你说了不算
即使你写下来
而且印成了铅字
你这个绝无仅有的
操蛋的背德者
要在很多年之后
当你老了
时代才睡醒
终于追赶上

你的文字

用成捆的绿票子

把你拦住

查尔斯·布考斯基

煮了七十年的

一锅东西

熟了

烂了

那只涅槃的凤凰

从锅里飞起

抖抖翅膀

大块的不屑

砸向布道者脸上

2012

朗诵者发抖现象研究

在殿堂般的诗歌朗诵现场
喜欢布道且信教多年的诗人
他的声音在抖
站了半生讲台的教师诗人
他的诗稿在抖
惯拿手术刀的医生诗人
他的双手在抖
臂膀结实的刑警诗人
他的胳膊在抖
肥胖的老板诗人
他的肚皮在抖
成名多年的职业诗人
他的双腿在抖
裤管像是灌满了风的
欲望的旗帜
只有来自底层的垃圾派诗人
身体不抖，精神抖擞
仿佛被埋没已久的朗诵家
终于找到了他的话筒
但我还是透过他的声音
感觉到他的心在发抖

2012

语言动物园

语言用语言的绳子绑人
让它们集体练习发声

语言用语言的鞭子宣判
把异见者驱逐到语言异邦

语言用语言的国境线
划出大地上的动物园

2012

展览馆

展品撤出之后
展览馆骤然寂静
你说像广场
像被清洗干净的某个下午
我说像坟墓
像被盗掘一空的某段历史
但是参观者并没有消失
那些声音和声音的遗骸还在
那些体味和体味的温度还在
那些身影和身影的魂魄还在
那些飘走的目光
也许又折了回来
吃惊地发现
空旷的展览馆里
陷入交谈和回忆的
我和你
平静地站成一对活体雕塑
仿佛新的展品

2012

或非晚境

在收割干净的旷野里
扶着锈迹斑斑的旅行手杖
独自歌唱

尽管你认为自己手里
摇晃着的是话筒支架
但是怎么演都没有高潮

2012

快乐的想象

三个女人
筹划
开一间
性用品商店
是在充分评估了
这档生意中的
性别优势之后

说到营销手段
她们还打算
轮流值日
以模特的身份
讲解和示范
器具的用法
她们确信
这样做的结果

门庭若市
生意兴隆
沉醉于想象中的

三个女人
身体发热
脸蛋红扑扑的

2012

流民图

我的梦丢了
丢在去往现实的路上
此梦始自少年
长及半生。现在
我的现实也丢了
丢在魔幻小说般
荒诞的生活现场
然后连我的生活
也一起丢了
丢在疯狂的
流氓无产者的汪洋
我不惧怕流氓
但比流氓更恐怖的
是无处不在的
流氓无产者行径
他们为了一根羽毛
甚至不惜卸掉
所有梦的翅膀

2013

完成时

下午的阳光
像个老人
缓慢下楼
但我追不上它
我坐电梯下来
跑步赶过去
涌起的黑暗
把我包围
我们就这样
沮丧地老去
我已经老去
但不似夕阳
那么从容
在我生活的年代
我一直像一条
被奋斗和革命
追赶着的小狗
既停不下来
也没有归宿
如果我泄气

就会立即瘪掉
形似一张
脏了的狗皮

2013

教堂

迄今我只去过三次教堂
三年前的冬天在哈尔滨
著名的索菲亚大教堂门前广场
拍了几张照片是因为那个建筑
然后相机就冻住了
零下三十多度
同行的朋友们进去取暖
而我独自回到了车上
我不是个有信仰的人
我觉得不配得到
上帝的庇护
还有一次在教堂门口
等一个在做礼拜的朋友
他要买房还差点儿银子
他是个虔诚的教徒
我没让他打借条
另一次也是冬天
我进入教堂里面
拍摄庄严的洗礼仪式
管风琴奏响圣乐的时刻
我也有了受洗的感觉

但在那些互相信赖的兄弟姐妹中间
我是个外人，像个客人
他们手捧圣体而我手握摄像机
感觉到心地荒凉之冷
我悄然退了出来
大口呼吸着外面的阳光
在小贩的叫卖声中
喝了碗暖身的胡辣汤
但我没有告诉刚刚受洗的朋友

2013

工龄二十年的针式打印机使用手记

工龄二十年的针式打印机

针头像我的脑袋一样

已经半秃

但是二十四针组成的半秃方阵

仍然保持着队形

每次运行

都像接受检阅

战功赫赫的老兵

我没有理由强令其退休

只要擦拭干净辊轴滑竿

加注上最精细的机油

它们就会像即将毕业的士官那样

欢快灵动

当然

更换色带是个细活儿

相当于给半秃子染发

每根都要浸透

它干出的活儿才会

像床上的老青年一样漂亮

稍嫌矫情的是

工龄二十年的针式打印机

只钟情工龄十年以上的电脑

我得把新文件

传给老电脑

这让我觉得像是在把女孩

伪装成少妇

人各有癖

机器亦然

我也不跟它计较

既然它不服老

我就该帮上一把

已经不能自行插入的

进纸系统

需要我手动助力

一个过了退休年龄的老者

身体散架之前

"小车不倒只管推"

在我的国度

这样的疯狂已属平常

2013

此世此刻

我低下
无法高贵的头颅
哀悼我那些在股票市场里蒸发
不知去向的
微薄积蓄
哀悼我每次在餐馆吃饭时
付给地沟油的
小费
哀悼为一瓶酒里多出来的那些水
和酒后吐出之真言
所埋之单

哀悼寺庙门前灰飞烟灭的香火钱
虽然我从不烧香
但你的祈求和所许之愿
我也一并哀悼
哀悼天桥之下
十字街头
你交给职业乞丐的
那些善意与善款

哀悼我们每个人

看病吃药时

额外付出的那部分

钱和尊严

哀悼为两罐奶粉

付给水货客的代购费

接着

哀悼望子成龙的家长

为每个开学典礼

交上的份子钱

他们觉得能交出去

心里就踏实了

可他们

并不知道

把孩子抵押给考试制度

需要未来再交一笔

人格的赎金

哀悼这些无形的赎金

哀悼我们预支未来

捐给地产大佬和银行家的

那笔巨额贷款

哀悼

我们每一天的买路钱

哀悼在潜规则里
付出了乳房、屁股、大腿和性感高跟的
那个美丽女人
无法向上司索取的
服务费
（留有针孔录像资料的
就先不哀悼了）
哀悼为拿到血汗钱
多流的那些血和汗

你们说
视金钱
如粪土
与此同时
我哀悼
不小心掉入下水道的
两枚瞪圆了眼睛的硬币
它们在黑暗里
什么也看不见

2013

禽流感

你不知道鸟在什么地方停过
不知道谁和谁有过亲密接触

你只能希望自己运气不错

2013

听报告时的心理报告

在他大谈拯救的时候

我并没有想到教堂

我想到了牧师

但他像个政客

高高在上

俯瞰众人

我想到他大概有三套以上的住宅

两个情人

一个在美国读书的儿子

他谈论人性时

我闻到了鬣狗牌香水的气味

说到忠诚

他表情凝重

仿佛正在受难

对人心不古痛心疾首

我没来由地想到了风纪扣

抬头看一眼

他猩红的领带

松松垮垮

他说起社会的种种病态

情绪激动

我想到速效救心丸

担架队

鲜艳的红色消防车

但他不是消防员

他有博士学位

坐黑色奥迪轿车

视察

开会

脱开秘书写的稿子讲话

他谈到灵魂

我想到此人已死

体重 21 克

2013

手艺的黄昏

剃光半秃的脑袋
游行于七月骄阳之下
挥汗如雨
抗议
是无用的
如同裸奔着穿过
暴风雪中的广场
被赞美和被咒骂
一样
无用
但我并不在意

我的手艺
只为我享受美味而存在
甚至只为我的手艺
日渐精进而欢喜
享受我的手艺
但是放弃
为人所用
骄阳于我是烹制热菜
冰雪是冷盘

或者赞美是热汤
咒骂是冷炙
但与世人无关

我偶尔抬头
从窗户里望出去
看到飞机正在下降
落日燃起晚餐的炉火
手艺人的黄昏
美丽
宁静
再没有人问我
这有什么用
我低下头
发现生活像一锅粥
但已经
自个儿煮熟了

2013

马

今天我看见一匹马
在街边停车位上
安静地站着
就像前面和后面
已经熄火的汽车
我走过去
拍拍马的脖子
它没有任何反应
甚至懒得看我一眼
它显然已经不再等待骑手
而我久久不肯离去
我意识到
是我在等

2013

汽车动物园

小区的草坪上

停满了汽车

在深夜里

我听到汽车反刍的声音

但我不知道它在咀嚼什么

而到了清晨

我听见汽车发出牛哞

发出马的嘶叫

甚至还有的发声如鸟鸣

有些时候

我隐约感觉到

它几乎要发出人声

2013

生态学举隅

我见过狗人
嗷嗷嗷
也见过人狗
汪汪汪
这半个世纪
我见的太多了
以至于中年以后
三步之外的
那些皮囊
我已分辨不出
是狗是人
汪汪汪，嗷嗷嗷
汪嗷汪嗷汪嗷嗷

2013

神迹

每天合上笔记本电脑时
黑色外壳上吸附的微尘
都会构成一个隐约图案
那是当日
停留时间最长的页面
写小说的日子图案像沙漠
写诗的日子图案是梯田
看股票久了图案像 K 线
我不玩游戏，很少看电影
有时候会长时间欣赏美女
图案就变成骷髅似的
人体 X 光片

2013

鱼刺的叫喊

隐忍的
无声的
细微的
鱼肉般鲜嫩
深藏在肉里
像个失意的
中国隐士
不动声色
潜入咽喉
借你的身体
突然发声
啊啊啊
呃呃呃
咳咳咳
咔咔咔
呕呕呕
这不是你在叫
也不是鱼在叫
这是偶然的

鱼刺的呐喊
它只是偶尔
借你一用

2013

在书店里

昨天我去书店
感觉情形有些不对
我看到灰麻雀
在看一本小说
红冠公鸡翻阅字帖
兔子在读诗并且
和黑猫争得红了眼
穿着绿裙子的冬青
抱着一叠杂志
裹着黑头巾的槐树
像头发稀疏的寡妇
在寻找一本经书
挺拔性感的白杨
如同穿着高跟鞋的模特
在秀刚买到的散文集
她脚边的小狗
嘴里叼着一本《庄子》
有一位戴眼镜的先生
竟然爬到了书架上面
光秃的屁股表明是猴子
除此之外我看不到人

187 | 此世此刻

这正是令我疑惑之处
我问柜台里面的收银员
一直埋头于手机的女孩
漠然地打量着我
面露不屑
似乎我是个怪物
来自另 个时代

2014

每天减少一点点

路边停着一辆奥拓
已经停了两年
或者三年了
今天我突然注意到
它是一个旧铁皮房子
已经不像一辆汽车
轮子是怎么没的？
玻璃是怎么碎的？
漆皮是怎么掉的？
骨架是怎么散的？
车厢是怎么空的？
每天路过它好几次
但我并没有感觉到变化
现在它即将坍塌
仿佛一辆汽车的
灵魂
在我注视它的时候
点火启动，加速
脱壳而去
从我眼皮下突然消失

2014

一首诗写给老师、命运、香烟和酒

人生的不同时刻
我给你写过
感谢信
投降书
控诉状

2014

打井队

史上某一天
我开始有了
想要把什么东西捅破的
强烈冲动
肥皂泡飘着
我赶上去捅
飞来一个气球
我跳起来捅
但它飞得更高了
我看到一张报纸
就用手指头捅
这很不过瘾
我找到一把锥子
把一本书捅透
这费了些力气
那书名叫《水泥》
但我并不满足
家里的铁皮烟筒
泛着刺眼的金属光芒
被我用榔头砸扁
把钉子打进去

然后拔出来
看着一截破铁皮
我并没有感觉到
胜利的快乐
我到邻居家里
借了一把镢头
本想去城墙根
刨砖打洞
路上遇到了一队
要去挖井的人
我立即就决定加入
捅那么深的洞子
捅起来肯定带劲

2014

在两个世界之间

跟书里的一个人生活
用一个下午
穿过他的一生
回到晚饭时的餐桌
在另一个人的眼神里
看到时间静止的忧郁

跟着电影里的侦探
潜入陌生卧室
用两个小时
洞悉内心的秘密
从电影院出来
像一个梦被叫醒
像做到一半的爱

更多的时候我自己动手
用词语和句子砌墙
造一个房子住下来
或者建一座城市
把亲人、朋友和陌生人
召集起来，说他们的坏话

但我并不想创建一个国家
那样我就会迷失其中
再也无法回来

2014

生活

买椅子的队伍太长了
我想买一把椅子
坐下来安心排队

2014

代表

从小我就知道
彩旗里没有黑旗和白旗
黑旗代表黑暗和敌人
白旗代表投降
其他那些颜色的旗子
代表什么
我并不清楚
但我乐意成为旗手
只要能够举着旗子
站在队伍里
无论什么颜色
似乎都能把我代表

2014

微电影：中国文人

唐伯虎

费了一些心思和手段

把秋香搞到手

与之下棋

把第二个秋香迎进门

三人饮酒作诗

第三个秋香来了之后

他只配做麻将腿子

第四个秋香

换下老唐

无奈去寻第五个秋香

五朵金花

每天齐聚在书房里

开家庭演唱会

老唐在门口

摆摊设点

卖字换米

不亦乐乎

（背景音乐：
古琴演奏《高山流水》）

（画外音：
唐伯虎的生活
是浪漫主义
和现实主义
相结合的
典型）

2014

没带雨伞的人

王二说天晴了
张玉明朝窗外看了一眼
张玉明说天晴了
肖非也把目光投向窗外
肖非说天真的晴了
于涛涛眼睛没有离开电脑
电脑屏幕蓝天白云
于涛涛说天早就晴了
王二说，是啊
如果不是那个想跳楼的人
我们都不知道天已经晴了

2014

呐喊

每天放学以后
就有一个声音
在楼下喊
如果是星期天
他几乎要喊
整整一个下午
一声接一声
喊一个人名字
开始很激越
然后有些不耐烦
到最后声嘶力竭
几乎绝望
王！梅！梅！
下来玩！
声音在楼与楼之间回荡
但是很少有人回应
我从窗户里往下看
王梅梅并没有出现
一个小男孩
站在垃圾筒边
踢着一只易拉罐

仍在低声念叨着

王梅梅

下来玩

2014

毛泽东诞辰日杂感

毛主席说：小小寰球，有几个苍蝇……
他又说：撼山易，撼解放军难……
他还说：世间一切反动派都是纸老虎……
毛主席说过的很多话
都可以拿出来当武器
就像孔子和老庄一样
是取之不尽的弹药库
我今天从毛主席用过的枪械里
借了几件朝空中试射
感觉非常好用
如果拿孔子和老庄的句子
就不会这么有力量
尤其是对付纸老虎的时候

2014

吾国吾民

我和陌生人一起走进医院
一起排队挂号
一同坐在候诊室的椅子上
心神不定地玩着手机
等护士叫号
我们从未相识
座位隔着扶手
彼此也不交谈
甚至潜意识里还有些
莫名的敌视
我们想早些见到的
是同一个人
同一个医生
让我们的关系暧昧起来
甚至可以以友相称
但我们各有各的疼痛
在各自的处方里
各是各的革不了的命
走出医院的时候
带着相同的药的表情

2015

红灯记

超市水果区灯是红的
肉店里面的灯是红的
巷子里的露天夜市
家家门头上挂红灯
颁奖礼上的追光灯是红的
手捧奖状站在舞台中央的家伙
他可真是个红人儿啊
红得就像在暗室里工作
我以前在工厂干活
电力不足的时候
灯泡就会变红
师傅说：把螺丝拧紧！

2015

在鸟鸣中醒来

晨练的人经过窗下
我听到咚咚咚跑过的脚步声
上学的人经过我窗下
我听见书包拍打屁股的声音
我听到一个老人在哼唱一首新歌
我听到手机计步器报告成绩
在所有这些人声之前
我在鸟鸣中醒来
现在人声渐渐消失
满窗都是鸟叫
催促我起床

2015

全民书法

我用毛笔在宣纸上

抄写自己的新作

从左到右，横写

一句一行

现代诗要用新格式

书法当然也要大不同

决不重复古人

决不重蹈覆辙

叹号与问号

尤其写得夸张

抄着抄着

渐入佳境

恍惚之中

仿佛回到了"文革"

写大字报的现场

2015

雨中仙台

无论走到哪里
都能遇到同胞
在日本
仙台医学院门前
几个做 V 形手势
拍照的人
我仔细辨认
他们的表情
年轻的面孔里
没有周树人
年长的面孔
更没有鲁迅
倒是他们那做派
让我想到
阔了的阿桂
小康的闰土
不像是来此求学
也许是来买药

2015

朗诵

一个人

望着右前三十度高处

深情地啊了一声

那里飘过一片云

然后一个人转头

看着左下十五度的地方

深情地啊了一声

那里是一片黑压压的观众

一个人缓缓抬头

平视前方

张开双臂做展翅状

深吸一口气

拖着长长的尾音

啊了一声

挂着摄影机的钢铁摇臂

像长颈鹿的脖子一般伸过来了

一个人啊啊啊了一会儿

鞠了三个躬

下去了

2015

红纸袋

他
拎着一个袋子走过来
一个纸质袋子
红底
图案上的男人
满脸含笑像女人
手托点心
红星牌软香酥
他从里面掏出一本
书（不是软香酥）
交给我
然后我们一起向前
乘公车
坐十九站
步行三百米
去一个酒店
吃饭
在酒店门前的停车场
他自言自语
我为什么要拎着它呢
我说里面有书

他说已经给你了
我说我以为里面还有
他说没有了
他拉开纸袋看了看
他说是空的
他说没有了
他若有所思
长达一分钟
然后把红色纸质袋子
顺手放在身边的白色宝马车顶
夕阳之下
那个红色袋子
耀眼
醒目
迫使每一个经过者驻足

2015

敌人

父亲曾经告诉我
你有一个敌人
——他是在说世仇吗？

老师曾经告诉我
你有一个敌人
——他是暗示有告密者吗？

领导曾经告诉我
你有一个敌人
——他是提醒有人黑我

我读的书告诉我
防人之心不可无
但我不知道谁是敌人

我有一个敌人
不知藏在哪里
不知什么模样

我一直在寻找那个敌人
那个折磨得我失眠的敌人
那个让我满脸忧郁的敌人

我感到心慌、背痛、胸口闷
手腕和脚脖子也不利索了
我怀疑是敌人钻进了身体

我去医院求大夫帮助
大夫说肯定有一个敌人
我要一直代他吃药

化验、透视、电击和针刺
我疼痛就是敌人在疼痛
我受罪就是敌人在受罪

2015

恍惚
——天津港大爆炸祭

路上有一个大坑
我以为是爆炸炸出来的

路边一座废弃的旧楼
我以为是冲击波摧毁的

人行道上有一摊西瓜水
我以为是谁流的血

垃圾筒旁边半块融化的雪糕
我以为是氰化物起了反应

一掠而过的跑车排出浓烈的尾气
我以为要起火燃烧

当然，它们都不是
它们并不是废墟上的景象
而是我的城市鲜活的证明

一只流浪狗窜过我脚边
这次我看清楚了
它不是搜救犬
它在寻找异性和食物

2015

开会

一些人说话
一些人听
一些人没有在听
一些人不听
一些人不在现场听
一些人假装在听
一些人听了等于没听
一些人听不见
一些人听着听着就不见了
一些人会后打听
一些人会听后想打人

2015

一滴墨

掉在宣纸上

吸也吸不走

擦也擦不得

一滴墨

洇开来

渗下去

糟蹋一沓宣纸

谁现在是脏的

将永远是脏的

无论天阴天晴

无论黑夜白日

当你在纸上

孤独地写着长信

你得小心地绕过

早已埋伏在前面的

那一滴墨

当你激情地挥洒

以大写意畅怀

企图掩盖

心中坎坷

那一滴墨

仍然顽强地显现

像一块暗疤

长在那里

迫使你在房间里

穿着人字拖鞋

不安地徘徊

吃着肉夹馍

喝着西凤酒

抽着巴山雪茄

眨巴着眼睛

想着

一滴墨

掉在宣纸上

像生命中的

某一个瞬间

子弹打在广场的水泥地上

雪地里

一个突然出现的人

一声惊心的

私语

白色墙壁上

折磨人的

一颗锈钉子

制造出的

一个斑点

2015

感染

一个浑身药味的人
来到我们中间

是一根正在燃烧
带着烟火的艾草
一只咕嘟嘟冒着热气
煎熬中的药锅

是一块散发着
浓烈麝香味的膏药
突然贴在我们背上

一个浑身药味的人
来到我们中间
打碎了一瓶福尔马林

2015

一束光

一束光从侧面过来
勾勒出你的脸
你眼窝最深处的光
与侧面过来的光线交织
我看到一个白日梦者
表情里的迷茫

而你的双手小心地
护着一个虚空
就像护着一盏灯
就像拢着一个手炉

在下午的寂静时刻
你那么坚定沉着地
坐在自己的阴影之中
守着一个妄念
并且准备为之激动

2015

像绳子一样拧紧自己

在旋风如巨龙
撕扯着头发和思想的暴烈之夜
我没有足够粗的绳子
充当光明的灯芯

在洪水肆虐的雨季
桥被卷入船底
我没有足够长的绳子
拴住越来越远的此岸与彼岸

在乱如流云的下午
逃亡的队伍散如彗尾
我没有足够多的绳子
给慌乱系上鞋带

在冷硬如十二月的烂泥时代
天空没有闪电
我也没有流星锤
唯有像绳子一样拧紧自己

2015